Johann Wolfgang von Goethe

Die neue Melusine

Wilhelm Meisters

Wanderjahre

oder

Die Entsagenden.

Ein Roman

von

Goethe.

Erster Theil.

Stuttgard und Tübingen,
in der Cotta'schen Buchhandlung.
1 8 2 1.

Titelblatt der Erstausgabe 1821, in der das Märchen erschien

Johann Wolfgang von Goethe

Die neue Melusine

Ein Märchen aus »Wilhelm Meisters Wanderjahre«

Mit Bildern von M. Wehlau und Arnold Bierwisch

KLASSIKER FÜR BEWUSSTSEINSBEZOGENE BILDUNG

Alfa-Veda

Erstveröffentlichung im sechsten Kapitel des dritten Buches von
»Wilhelm Meisters Wanderjahre«
Cottas'sche Buchhandlung, Stuttgart und Tübingen, 1821

Die farbigen Illustrationen von M. Wehlau erschienen in:
Die neue Melusine von Johann Wolfgang von Goethe
Aus Wilhelm Meisters Wanderjahre.
Mit acht Originallithographien von M. Wehlau.
Josef Singer Verlag A.-G., Leipzig, o. J. (um 1910).

Die Pinselzeichnungen von Arnold Bierwisch erschienen in:
Goethe: Die neue Melusine, ein Märchen
Paul Schlösser Verlag, Braunschweig, 1948

In neuer Rechtschreibung als Großdruck in Janni 15 pt gesetzt von Jan Müller
Umschlaggestaltung mit einem Bild von M. Wehlau: Jan Müller

Glossar altertümlicher Ausdrücke für den Schulunterricht am Ende

Alfa-Veda Verlag, Oebisfelde 2022
alfa-veda.com
ISBN 9783945004999

ochverehrte Herren! Da mir bekannt ist, dass Sie vorläufige Reden und Einleitungen nicht besonders lieben, so will ich ohne weiteres versichern, dass ich diesmal vorzüglich gut zu bestehen hoffe. Von mir sind zwar schon gar manche wahrhafte Geschichten zu hoher und allseitiger Zufriedenheit ausgegangen, heute aber darf ich sagen, dass ich eine zu erzählen habe, welche die bisherigen weit übertrifft und die, wiewohl sie mir schon vor einigen Jahren begegnet ist, mich noch immer in der Erinnerung unruhig macht, ja sogar eine endliche Entwicklung hoffen lässt. Sie möchte schwerlich ihresgleichen finden.

Vorerst sei gestanden, dass ich meinen Lebenswandel nicht immer so eingerichtet, um der nächsten Zeit, ja des nächsten Tages ganz sicher zu sein. Ich war in meiner Jugend kein guter Wirt und fand mich oft in mancherlei Verlegenheit. Einst nahm ich mir eine Reise vor, die mir guten Gewinn verschaffen sollte; aber ich machte meinen Zuschnitt ein wenig zu groß, und nachdem ich sie mit Extrapost angefangen und sodann auf der ordinären eine Zeit lang fortgesetzt hatte, fand ich mich zuletzt genötigt, dem Ende derselben zu Fuß entgegenzugehen. Als ein lebhafter Bursche hatte ich von jeher die Gewohnheit, sobald ich in ein Wirtshaus kam, mich nach der Wirtin oder auch nach der Köchin umzusehen und mich schmeichlerisch gegen sie zu bezeigen, wodurch denn meine Zeche meistens vermindert wurde.

Eines Abends, als ich in das Posthaus eines kleinen Städtchens trat und eben nach meiner hergebrachten Weise verfahren wollte, rasselte gleich hinter mir ein schöner zweisitziger Wagen, mit vier Pferden bespannt, an der Tür vor. Ich wendete mich um und sah ein Frauenzimmer allein, ohne Kammerfrau, ohne Bedienten. Ich eilte sogleich, ihr den Schlag zu eröffnen und zu fragen, ob sie etwas zu befehlen habe. Beim Aussteigen zeigte sich eine schöne Gestalt, und ihr liebenswürdiges Gesicht war, wenn man es näher betrachtete, mit einem kleinen Zug von Traurigkeit geschmückt. Ich fragte nochmals, ob ich ihr in etwas dienen könne.

»O ja!« sagte sie, »wenn Sie mir mit Sorgfalt das Kästchen, das auf dem Sitz steht, herausheben und hinauftragen wollen; aber ich bitte gar sehr, es recht stet zu tragen und im Mindesten nicht zu bewegen oder zu rütteln.«

Ich nahm das Kästchen mit Sorgfalt, sie verschloss den Kutschenschlag, wir stiegen zusammen die Treppe hinauf, und sie sagte dem Gesinde, dass sie diese Nacht hier bleiben würde.

Nun waren wir allein in dem Zimmer, sie hieß mich das Kästchen auf den Tisch setzen, der an der Wand stand, und als ich an einigen ihrer Bewegungen merkte, dass sie allein zu sein wünschte, empfahl ich mich, indem ich ihr ehrerbietig, aber feurig die Hand küsste.

»Bestellen Sie das Abendessen für uns beide«, sagte sie darauf; und es lässt sich denken, mit welchem Vergnügen ich diesen Auftrag ausrichtete, wobei ich denn zugleich in meinem Übermut Wirt, Wirtin und Gesinde kaum über die Achsel ansah. Mit Ungeduld erwartete ich den Augenblick, der mich endlich wieder zu ihr führen sollte.

Es war aufgetragen, wir setzten uns einander gegenüber, ich labte mich zum ersten Mal seit geraumer Zeit an einem guten Essen und zugleich an einem so erwünschten Anblick; ja mir kam es vor, als wenn sie mit jeder Minute schöner würde. Ihre Unterhaltung war angenehm, doch suchte sie alles abzulehnen, was sich auf Neigung und Liebe bezog. Es ward abgeräumt; ich zauderte, ich suchte allerlei Kunstgriffe, mich ihr zu nähern, aber vergebens: Sie hielt mich durch eine gewisse Würde zurück, der ich nicht widerstehen konnte, ja ich musste wider meinen Willen zeitig genug von ihr scheiden.

Nach einer meist durchwachten und unruhig durchträumten Nacht war ich früh auf, erkundigte mich, ob sie Pferde bestellt habe; ich hörte nein und ging in den

Garten, sah sie angekleidet am Fenster stehen und eilte
zu ihr hinauf. Als sie mir so schön und schöner als gestern entgegenkam, regte sich auf einmal in mir Neigung,
Schalkheit und Verwegenheit; ich stürzte auf sie zu und
fasste sie in meine Arme.

»Englisches, unwiderstehliches Wesen!« rief ich aus, »verzeih, aber es ist unmöglich!«

Mit unglaublicher Gewandtheit entzog sie sich meinen Armen, und ich hatte ihr nicht einmal einen Kuss auf die Wange drücken können.

»Halten Sie solche Ausbrüche einer plötzlichen leidenschaftlichen Neigung zurück, wenn Sie ein Glück nicht verscherzen wollen, das Ihnen sehr nahe liegt, das aber erst nach einigen Prüfungen ergriffen werden kann.«

»Fordere, was du willst, englischer Geist!« rief ich aus, »aber bringe mich nicht zur Verzweiflung.«

Sie versetzte lächelnd: »Wollen Sie sich meinem Dienste widmen, so hören Sie die Bedingungen! Ich komme hierher, eine Freundin zu besuchen, bei der ich einige Tage zu verweilen gedenke; indessen wünsche ich, dass mein Wagen und dies Kästchen weitergebracht werden. Wollen Sie es übernehmen? Sie haben dabei nichts zu tun, als das Kästchen mit Behutsamkeit in und aus dem Wagen zu heben; wenn es darin steht, sich daneben zu setzen und jede Sorge dafür zu tragen. Kommen Sie in ein Wirtshaus, so wird es auf einen Tisch gestellt, in eine besondere Stube, in der Sie weder wohnen noch schlafen dürfen. Sie verschließen die Zimmer jedes Mal mit diesem Schlüssel, der alle Schlösser auf- und zuschließt und dem Schloss die besondere Eigenschaft gibt, dass es niemand in der Zwischenzeit zu öffnen imstande ist.«

Ich sah sie an, mir ward sonderbar zumute; ich versprach, alles zu tun, wenn ich hoffen könnte, sie bald wieder zu sehen, und wenn sie mir diese Hoffnung mit einem Kuss besiegelte. Sie tat es, und von dem Augenblick an war ich ihr ganz leibeigen geworden. Ich sollte nun die Pferde bestellen, sagte sie. Wir besprachen den Weg, den ich nehmen, die Orte, wo ich mich aufhalten und sie erwarten sollte. Sie drückte mir zuletzt einen Beutel mit Gold in die Hand, und ich meine Lippen auf ihre Hände. Sie schien gerührt beim Abschied, und ich wusste schon nicht mehr, was ich tat oder tun sollte.

Als ich von meiner Bestellung zurückkam, fand ich die Stubentür verschlossen. Ich versuchte gleich meinen Hauptschlüssel, und er machte sein Probestück vollkommen. Die Tür sprang auf, ich fand das Zimmer leer, nur das Kästchen stand auf dem Tisch, wo ich es hingestellt hatte. Der Wagen war vorgefahren, ich trug das Kästchen sorgfältig hinunter und setzte es neben mich. Die Wirtin fragte: »Wo ist denn die Dame?«

Ein Kind antwortete: »Sie ist in die Stadt gegangen.«

Ich begrüßte die Leute und fuhr wie im Triumph von hinnen, der ich gestern abend mit bestaubten Gamaschen hier angekommen war. Dass ich nun bei guter Muße diese Geschichte hin und her überlegte, das Geld zählte, mancherlei Entwürfe machte und immer gelegentlich nach dem Kästchen schielte, können Sie leicht denken. Ich fuhr nun stracks vor mich hin, stieg mehrere Stationen nicht aus und rastete nicht, bis ich zu einer ansehnlichen Stadt gelangt war, wohin sie mich beschieden hatte.

Ihre Befehle wurden sorgfältig beobachtet, das Kästchen in ein besonderes Zimmer gestellt und ein paar Wachslichter daneben, unangezündet, wie sie auch verordnet hatte. Ich verschloss das Zimmer, richtete mich in dem meinigen ein und tat mir etwas zugute.

Eine Weile konnte ich mich mit dem Andenken an sie beschäftigen, aber gar bald wurde mir die Zeit lang. Ich war nicht gewohnt, ohne Gesellschaft zu leben; diese fand ich bald an Wirtstafeln und an öffentlichen Orten nach meinem Sinn. Mein Geld fing bei dieser Gelegenheit an zu schmelzen und verlor sich eines Abends völlig aus meinem Beutel, als ich mich unvorsichtig einem leidenschaftlichen Spiel überlassen hatte. Auf meinem Zimmer angekommen, war ich außer mir. Von Geld entblößt, mit dem Ansehen eines reichen Mannes eine tüchtige Zeche erwartend, ungewiss, ob und wann meine Schöne sich wieder zeigen würde, war ich in der größten Verlegenheit. Doppelt sehnte ich mich nach ihr und glaubte nun gar nicht mehr, ohne sie und ohne ihr Geld leben zu können.

Nach dem Abendessen, das mir gar nicht geschmeckt hatte, weil ich es diesmal einsam zu genießen genötigt worden, ging ich in dem Zimmer lebhaft auf und ab, sprach mit mir selbst, verwünschte mich, warf mich auf den Boden, zerraufte mir die Haare und erzeigte mich ganz ungebärdig.

Auf einmal höre ich in dem verschlossenen Zimmer nebenan eine leise Bewegung und kurz nachher an der wohlverwahrten Tür pochen. Ich raffe mich zusammen, greife nach dem Hauptschlüssel, aber die Flügeltüren springen von selbst auf, und im Schein jener brennenden Wachslichter kommt mir meine Schöne entgegen. Ich werfe mich ihr zu Füßen, küsse ihr Kleid, ihre Hände, sie hebt mich auf, ich wage nicht, sie zu umarmen, kaum sie anzusehen; doch gestehe ich ihr aufrichtig und reuig meinen Fehler.

»Er ist zu verzeihen«, sagte sie, »nur verspätet Ihr leider Euer Glück und meines. Ihr müsst nun abermals eine Strecke in die Welt hineinfahren, ehe wir uns wieder sehen. Hier ist noch mehr Gold«, sagte sie, »und hinreichend, wenn Ihr einigermaßen haushalten wollt. Hat Euch aber diesmal Wein und Spiel in Verlegenheit gesetzt, so hütet Euch nun vor Wein und Weibern und lasst mich auf ein fröhlicheres Wiedersehen hoffen.«

Sie trat über die Schwelle zurück, die Flügel schlugen zusammen, ich pochte, ich bat, aber nichts ließ sich weiter hören.

Als ich den anderen Morgen die Zeche verlangte, lächelte der Kellner und sagte: »So wissen wir doch, warum Ihr Eure Türen auf eine so künstliche und unbegreifliche Weise verschließt, dass kein Hauptschlüssel sie öffnen kann. Wir vermuteten bei Euch viel Geld und Kostbarkeiten;

nun aber haben wir den Schatz die Treppe hinunter-
gehen sehen, und auf alle Weise schien er würdig, wohl
verwahrt zu werden.«

Ich erwiderte nichts dagegen, zahlte meine Rechnung
und stieg mit meinem Kästchen in den Wagen. Ich fuhr
nun wieder in die Welt hinein mit dem festesten Vorsatz,
auf die Warnung meiner geheimnisvollen Freundin künf-
tig zu achten. Doch war ich kaum abermals in einer großen Stadt angelangt, so ward ich bald mit liebenswür-
digen Frauenzimmern bekannt, von denen ich mich
durchaus nicht losreißen konnte. Sie schienen mir ihre
Gunst teuer anrechnen zu wollen; denn indem sie mich
immer in einiger Entfernung hielten, verleiteten sie mich
zu einer Ausgabe nach der anderen, und da ich nur suchte, ihr Vergnügen zu befördern, dachte ich abermals nicht
an meinen Beutel, sondern zahlte und spendete immerfort, so wie es eben vorkam.

Wie groß war daher meine Verwunderung und mein
Vergnügen, als ich nach einigen Wochen bemerkte, dass
die Fülle des Beutels noch nicht abgenommen hatte, sondern dass er noch so rund und strotzend war wie an-
fangs. Ich wollte mich dieser schönen Eigenschaft näher versichern, setzte mich hin zu zählen, merkte mir
die Summe genau und fing nun an, mit meiner Gesellschaft lustig zu leben wie vorher. Da fehlte es nicht an
Land- und Wasserfahrten, an Tanz, Gesang und anderen

Vergnügungen. Nun bedurfte es aber keiner großen Aufmerksamkeit, um gewahr zu werden, dass der Beutel
wirklich abnahm, eben als wenn ich ihm durch mein
verwünschtes Zählen die Tugend, unzählbar zu sein,
entwendet hätte. Indessen war das Freudenleben einmal im Gange, ich konnte nicht zurück, und doch war ich
mit meiner Barschaft bald am Ende.

Ich verwünschte meine Lage, schalt auf meine Freundin, die mich so in Versuchung geführt hatte, nahm es ihr übel auf, dass sie sich nicht wieder sehen lassen, sagte mich im Ärger von allen Pflichten gegen sie los und nahm mir vor, das Kästchen zu öffnen, ob vielleicht in demselben einige Hilfe zu finden sei. Denn war es gleich nicht schwer genug, um Geld zu enthalten, so konnten doch Juwelen darin sein, und auch diese wären mir sehr willkommen gewesen.

Ich war im Begriff, den Vorsatz auszuführen, doch verschob ich ihn auf die Nacht, um die Operation recht ruhig vorzunehmen, und eilte zu einem Bankett, das eben angesagt war. Da ging es denn wieder hoch her, und wir waren durch Wein und Trompetenschall mächtig aufgeregt, als mir der unangenehme Streich passierte, dass beim Nachtisch ein älterer Freund meiner liebsten Schönheit, von Reisen kommend, unvermutet hereintrat, sich zu ihr setzte und ohne große Umstände seine alten Rechte geltend zu machen suchte. Daraus entstand nun bald Unwille, Hader und Streit; wir zogen vom Leder, und ich ward mit mehreren Wunden halbtot nach Hause getragen.

Der Chirurgus hatte mich verbunden und verlassen, es war schon tief in der Nacht, mein Wärter eingeschlafen; die Tür des Seitenzimmers ging auf, meine

geheimnisvolle Freundin trat herein und setzte sich zu mir ans Bett. Sie fragte nach meinem Befinden; ich antwortete nicht, denn ich war matt und verdrießlich. Sie fuhr fort, mit vielem Anteil zu sprechen, rieb mir die Schläfe mit einem gewissen Balsam, sodass ich mich geschwind und entschieden gestärkt fühlte, so gestärkt, dass ich mich erzürnen und sie ausschelten konnte.

In einer heftigen Rede warf ich alle Schuld meines Unglücks auf sie, auf die Leidenschaft, die sie mir eingeflößt, auf ihr Erscheinen, ihr Verschwinden, auf die Langeweile, auf die Sehnsucht, die ich empfinden musste. Ich ward immer heftiger und heftiger, als wenn mich ein Fieber anfiele, und ich schwor ihr zuletzt, dass, wenn sie nicht die Meinige sein, mir diesmal nicht angehören und sich mit mir verbinden wolle, so verlange ich nicht länger zu leben; worauf ich entschiedene Antwort forderte.

Als sie zaudernd mit einer Erklärung zurückhielt, geriet ich ganz außer mir, riss den doppelten und dreifachen Verband von den Wunden, mit der entschiedenen Absicht, mich zu verbluten. Aber wie erstaunte ich, als ich meine Wunden alle geheilt, meinen Körper schmuck und glänzend und sie in meinen Armen fand. Nun waren wir das glücklichste Paar von der Welt.

Wir baten einander wechselseitig um Verzeihung und wussten selbst nicht recht warum. Sie versprach nun, mit mir weiterzureisen, und bald saßen wir nebeneinander im Wagen, das Kästchen uns gegenüber am Platz der dritten Person. Ich hatte desselben niemals gegen sie erwähnt; auch jetzt fiel mir's nicht ein, davon zu reden, ob es uns gleich vor den Augen stand und wir durch eine stillschweigende Übereinkunft beide dafür sorgten, wie es etwa die Gelegenheit geben mochte; nur dass ich es immer in und aus dem Wagen hob und mich wie vormals mit dem Verschluss der Türen beschäftigte.

Solange noch etwas im Beutel war, hatte ich immer fortbezahlt; als es mit meiner Barschaft zu Ende ging, ließ ich sie es merken.

»Dafür ist leicht Rat geschafft«, sagte sie und deutete auf ein Paar kleine Taschen, oben an der Seite des Wagens angebracht, die ich früher wohl bemerkt, aber nicht gebraucht hatte. Sie griff in die eine und zog einige Goldstücke heraus, sowie aus der anderen einige Silbermünzen, und zeigte mir dadurch die Möglichkeit, jeden Aufwand, wie es uns beliebte, fortzusetzen.

So reisten wir von Stadt zu Stadt, von Land zu Land, waren unter uns und mit anderen froh, und ich dachte nicht daran, dass sie mich wieder verlassen könnte, um so weniger, als sie sich seit einiger Zeit entschieden in guter Hoffnung befand, wodurch unsere Heiterkeit und unsere Liebe nur noch vermehrt wurde. Aber eines Morgens fand ich sie leider nicht mehr, und weil mir der Aufenthalt ohne sie verdrießlich war, machte ich mich mit meinem Kästchen wieder auf den Weg, versuchte die Kraft der beiden Taschen und fand sie noch immer bewährt.

Die Reise ging glücklich vonstatten, und wenn ich bisher über mein Abenteuer weiter nicht hatte nachdenken mögen, weil ich eine ganz natürliche Entwicklung der wundersamen Begebenheiten erwartete, so ereignete sich doch gegenwärtig etwas, wodurch ich in Erstaunen, in Sorgen, ja in Furcht gesetzt wurde.

Weil ich, um von der Stelle zu kommen, Tag und Nacht zu reisen gewohnt war, so geschah es, dass ich oft im Finstern fuhr und es in meinem Wagen, wenn die Laternen zufällig ausgingen, ganz dunkel war. Einmal bei so finsterer Nacht war ich eingeschlafen, und als ich erwachte, sah ich den Schein eines Lichtes an der Decke meines Wagens. Ich beobachtete denselben und fand, dass er aus dem Kästchen hervorbrach, das einen Riss zu haben schien, eben als wäre es durch die heiße und trockene Witterung der eingetretenen Sommerzeit gesprungen.

Meine Gedanken an die Juwelen wurden wieder rege, ich vermutete, dass ein Karfunkel im Kästchen liege, und wünschte darüber Gewissheit zu haben. Ich rückte mich, so gut ich konnte, zurecht, sodass ich mit dem Auge unmittelbar den Riss berührte.

Aber wie groß war mein Erstaunen, als ich in ein von Lichtern wohl erhelltes, mit viel Geschmack, ja Kostbarkeit möbliertes Zimmer hineinsah, gerade so als hätte ich durch die Öffnung eines Gewölbes in einen königlichen Saal hinabgesehen. Zwar konnte ich nur einen Teil des Raumes beobachten, der mich auf das Übrige schließen ließ. Ein Kaminfeuer schien zu brennen, neben welchem ein Lehnsessel stand. Ich hielt den Atem an mich und fuhr fort zu beobachten.

Indem kam von der anderen Seite des Saales ein Frauenzimmer mit einem Buch in den Händen, die ich sogleich für meine Frau erkannte, obschon ihr Bild nach dem allerkleinsten Maßstab zusammengezogen war. Die Schöne setzte sich in den Sessel am Kamin, um zu lesen, legte die Brände mit der niedlichsten Feuerzange zurecht, wobei ich deutlich bemerken konnte, das allerliebste kleine Wesen sei ebenfalls guter Hoffnung.

Nun fand ich mich aber genötigt, meine unbequeme Stellung einigermaßen zu verrücken, und bald darauf, als ich wieder hineinsehen und mich überzeugen wollte, dass es kein Traum gewesen, war das Licht verschwunden, und ich blickte in eine leere Finsternis.

Wie erstaunt, ja erschrocken ich war, lässt sich begreifen. Ich machte mir tausend Gedanken über diese Entdeckung und konnte doch eigentlich nichts denken. Darüber schlief ich ein, und als ich erwachte, glaubte ich eben nur geträumt zu haben; doch fühlte ich mich von meiner Schönen einigermaßen entfremdet, und indem ich das Kästchen nur desto sorgfältiger trug, wusste ich nicht, ob ich ihre Wiedererscheinung in völliger Menschengröße wünschen oder fürchten sollte.

Nach einiger Zeit trat denn wirklich meine Schöne gegen Abend in weißem Kleid herein, und da es eben im Zimmer dämmerte, so kam sie mir länger vor, als ich sie sonst zu sehen gewohnt war, und ich erinnerte mich, gehört zu haben, dass alle vom Geschlecht der Nixen und Gnomen bei einbrechender Nacht an Länge gar merklich zunähmen. Sie flog wie gewöhnlich in meine Arme, aber ich konnte sie nicht recht frohmütig an meine beklemmte Brust drücken.

»Mein Liebster«, sagte sie, »ich fühle nun wohl an deinem Empfang, was ich leider schon weiß. Du hast mich in der Zwischenzeit gesehen; du bist von dem Zustand

unterrichtet, in dem ich mich zu gewissen Zeiten befinde; dein Glück und das meinige ist hierdurch unterbrochen, ja es steht auf dem Punkt, ganz vernichtet zu werden. Ich muss dich verlassen und weiß nicht, ob ich dich jemals wiedersehen werde.«

Ihre Gegenwart, die Anmut, mit der sie sprach, entfernte sogleich fast jede Erinnerung jenes Gesichtes, das mir schon bisher nur als ein Traum vorgeschwebt hatte. Ich umfing sie mit Lebhaftigkeit, überzeugte sie von meiner Leidenschaft, versicherte ihr meine Unschuld, erzählte ihr das Zufällige der Entdeckung, genug, ich tat so viel, dass sie selbst beruhigt schien und mich zu beruhigen suchte.

»Prüfe dich genau«, sagte sie, »ob diese Entdeckung deiner Liebe nicht geschadet habe, ob du vergessen kannst, dass ich mich in zweierlei Gestalten neben dir befinde, ob die Verringerung meines Wesens nicht auch deine Neigung vermindern werde.«

Ich sah sie an; schöner war sie als jemals, und ich dachte bei mir selbst: »Ist es denn ein so großes Unglück, eine Frau zu besitzen, die von Zeit zu Zeit eine Zwergin wird, sodass man sie im Kästchen herumtragen kann? Wäre es nicht viel schlimmer, wenn sie zur Riesin würde und ihren Mann in den Kasten steckte?« Meine Heiterkeit war zurückgekehrt. Ich hätte sie um alles in der Welt nicht fahren lassen.

»Bestes Herz«, versetzte ich, »lass uns bleiben und sein, wie wir gewesen sind. Könnten wir's beide denn herrlicher finden! Bediene dich deiner Bequemlichkeit, und ich verspreche dir, das Kästchen nur desto sorgfältiger zu tragen. Wie sollte das Niedlichste, was ich in meinem Leben gesehen, einen schlimmen Eindruck auf mich machen? Wie glücklich würden die Liebhaber sein, wenn sie solche Miniaturbilder besitzen könnten! Und am Ende war es auch nur ein solches Bild, eine kleine

Taschenspielerei. Du prüfst und neckst mich; du sollst aber sehen, wie ich mich halten werde.«

»Die Sache ist ernsthafter, als du denkst«, sagte die Schöne; »indessen bin ich recht wohl zufrieden, dass du sie leicht nimmst, denn für uns beide kann noch immer die heiterste Folge werden. Ich will dir vertrauen und von meiner Seite das Mögliche tun, nur versprich mir, dieser Entdeckung niemals vorwurfsweise zu gedenken. Dazu füge ich noch eine Bitte recht inständig: Nimm dich vor Wein und Zorn mehr als jemals in acht.«

Ich versprach, was sie begehrte, ich hätte zu und immer zu versprochen; doch sie wendete selbst das Gespräch, und alles war im vorigen Gleis. Wir hatten nicht Ursache, den Ort unseres Aufenthaltes zu verändern; die Stadt war groß, die Gesellschaft vielfach, die Jahreszeit veranlasste manches Land- und Gartenfest.

Bei allen solchen Freuden war meine Frau sehr gern gesehen, ja von Männern und Frauen lebhaft verlangt. Ein gutes, einschmeichelndes Betragen, mit einer gewissen Hoheit verknüpft, machte sie jedermann lieb und ehrenwert. Überdies spielte sie herrlich die Laute und sang dazu, und alle geselligen Nächte mussten durch ihr Talent gekrönt werden. Ich will nur gestehen, dass ich mir aus der Musik niemals viel habe machen können, ja sie hatte vielmehr auf mich eine unangenehme Wirkung. Meine Schöne, die mir das bald abgemerkt hatte, suchte mich daher niemals, wenn wir allein waren, auf diese Weise zu unterhalten; dagegen schien sie sich in Gesellschaft zu entschädigen, wo sie denn gewöhnlich eine Menge Bewunderer fand.

Und nun, warum sollte ich es leugnen, unsere letzte Unterredung, ungeachtet meines besten Willens, war doch nicht vermögend gewesen, die Sache ganz bei mir abzutun; vielmehr hatte sich meine Empfindungsweise gar seltsam gestimmt, ohne dass ich es mir vollkommen bewusst gewesen wäre. Da brach eines Abends in großer Gesellschaft der verhaltene Unmut los, und mir entsprang daraus der allergrößte Nachteil.

Wenn ich es jetzt recht bedenke, so liebte ich nach jener unglücklichen Entdeckung meine Schönheit viel weniger, und nun ward ich eifersüchtig auf sie, was mir vorher gar nicht eingefallen war. Abends bei Tafel, wo wir schräg einander gegenüber in ziemlicher Entfernung saßen, befand ich mich sehr wohl mit meinen beiden Nachbarinnen, ein paar Frauenzimmern, die mir seit einiger Zeit reizend geschienen hatten. Unter Scherz- und Liebesreden sparte man des Weines nicht, indessen von der anderen Seite ein paar Musikfreunde sich meiner Frau bemächtigt hatten und die Gesellschaft zu Gesängen, einzelnen und chormäßigen, aufzumuntern und anzuführen wussten.

Darüber fiel ich in böse Laune; die beiden Kunstlieb-
haber schienen zudringlich; der Gesang machte mich är-
gerlich, und als man gar von mir auch eine Solostrophe
begehrte, so wurde ich wirklich aufgebracht, leerte den
Becher und setzte ihn sehr unsanft nieder.

Durch die Anmut meiner Nachbarinnen fühlte ich mich
sogleich zwar wieder gemildert, aber es ist eine böse
Sache um den Ärger, wenn er einmal auf dem Wege ist.
Er kochte heimlich fort, obgleich alles mich hätte sollen
zur Freude, zur Nachgiebigkeit stimmen. Im Gegenteil
wurde ich nur noch tückischer, als man eine Laute brach-
te und meine Schöne ihren Gesang zur Bewunderung
aller Übrigen begleitete. Unglücklicherweise erbat man
sich eine allgemeine Stille. Also auch schwatzen sollte
ich nicht mehr, und die Töne taten mir in den Zähnen
weh. War es nun ein Wunder, dass endlich der kleinste
Funke die Mine zündete?

Eben hatte die Sängerin ein Lied unter dem größten
Beifall geendigt, als sie nach mir, und wahrlich recht
liebevoll, herübersah. Leider drangen die Blicke nicht bei
mir ein. Sie bemerkte, dass ich einen Becher Wein hin-
unterschlang und einen neu anfüllte. Mit dem rechten
Zeigefinger winkte sie mir lieblich drohend.

»Bedenken Sie, dass es Wein ist!« sagte sie, nicht lau-
ter, als dass ich es hören konnte.

»Wasser ist für die Nixen!« rief ich aus.

»Meine Damen«, sagte sie zu meinen Nachbarinnen, »kränzen Sie den Becher mit aller Anmut, dass er nicht zu oft leer werde.«

»Sie werden sich doch nicht meistern lassen!« zischelte mir die eine ins Ohr.

»Was will der Zwerg?« rief ich aus, mich heftiger gebärdend, wodurch ich den Becher umstieß.

»Hier ist viel verschüttet!« rief die Wunderschöne, tat einen Griff in die Saiten, als wolle sie die Aufmerksamkeit der Gesellschaft aus dieser Störung wieder auf sich heranziehen. Es gelang ihr wirklich, um so mehr, als sie aufstand, aber nur, als wenn sie sich das Spiel bequemer machen wollte, und zu präludieren fortfuhr.

Als ich den roten Wein über das Tischtuch fließen sah, kam ich wieder zu mir selbst. Ich erkannte den großen Fehler, den ich begangen hatte, und war recht innerlich zerknirscht. Zum ersten Mal sprach die Musik mich an. Die erste Strophe, die sie sang, war ein freundlicher Abschied an die Gesellschaft, wie sie sich noch zusammen fühlen konnte.

Bei der folgenden Strophe floss die Sozietät gleichsam auseinander, jeder fühlte sich einzeln, abgesondert, niemand glaubte sich mehr gegenwärtig. Aber was soll ich denn von der letzten Strophe sagen? Sie war allein an mich gerichtet, die Stimme der gekränkten Liebe, die von Unmut und Übermut Abschied nimmt.

Stumm führte ich sie nach Hause und erwartete mir nichts Gutes. Doch kaum waren wir in unserem Zimmer angelangt, als sie sich höchst freundlich und anmutig, ja sogar schalkhaft erwies und mich zum glücklichsten aller Menschen machte.

Des anderen Morgens sagte ich ganz getrost und liebevoll: »Du hast so manchmal, durch gute Gesellschaft aufgefordert, gesungen, so zum Beispiel gestern abend das rührende Abschiedslied; singe nun auch einmal mir zuliebe ein hübsches, fröhliches Willkommen in dieser Morgenstunde, damit es uns werde, als wenn wir uns zum ersten Mal kennen lernten.«

»Das vermag ich nicht, mein Freund«, versetzte sie mit Ernst. »Das Lied von gestern abend bezog sich auf unsere Scheidung, die nun sogleich vor sich gehen muss, denn ich kann dir nur sagen, die Beleidigung gegen Versprechen und Schwur hat für uns beide die schlimmsten Folgen; du verscherzest ein großes Glück, und auch ich muss meinen liebsten Wünschen entsagen.«

Als ich nun hierauf in sie drang und bat, sie möchte sich näher erklären, versetzte sie: »Das kann ich leider wohl, denn es ist doch um mein Bleiben bei dir getan. Vernimm also, was ich dir lieber bis in die spätesten Zeiten verborgen hätte. Die Gestalt, in der du mich im Kästchen erblicktest, ist mir wirklich angeboren und natürlich; denn ich bin aus dem Stamm des Königs Eckwald, des mächtigen Fürsten der Zwerge, von dem die wahrhafte Geschichte so vieles meldet. Unser Volk ist noch immer wie vor alters tätig und geschäftig und auch daher leicht zu regieren.

Du musst dir aber nicht vorstellen, dass die Zwerge in ihren Arbeiten zurückgeblieben sind. Sonst waren Schwerter, die den Feind verfolgten, wenn man sie ihm nachwarf, unsichtbar und geheimnisvoll bindende Ketten, undurchdringliche Schilder und dergleichen ihre berühmtesten Arbeiten. Jetzt aber beschäftigen sie sich hauptsächlich mit Sachen der Bequemlichkeit und des Putzes und übertreffen darin alle anderen Völker der Erde. Du würdest erstaunen, wenn du unsere Werkstätten und Warenlager hindurchgehen solltest. Dies wäre nun alles gut, wenn nicht bei der ganzen Nation überhaupt, vorzüglich aber bei der königlichen Familie, ein besonderer Umstand einträte.«

Da sie einen Augenblick innehielt, ersuchte ich sie um fernere Eröffnung dieser wundersamen Geheimnisse, worin sie mir denn auch sogleich willfahrte.

»Es ist bekannt«, sagte sie, »dass Gott, sobald er die Welt erschaffen hatte, sodass alles Erdreich trocken war und das Gebirge mächtig und herrlich dastand, dass Gott, sage ich, sogleich vor allen Dingen die Zwerglein erschuf, damit auch vernünftige Wesen wären, welche seine Wunder im Inneren der Erde auf Gängen und Klüften anstaunen und verehren könnten. Ferner ist bekannt, dass dieses kleine Geschlecht sich nachmals erhoben und sich die Herrschaft der Erde anzumaßen gedacht, weshalb denn Gott die Drachen erschaffen, um das Gezwerge ins Gebirge zurückzudrängen.

Weil aber die Drachen sich in den großen Höhlen und Spalten selbst einzunisten und dort zu wohnen pflegten, auch viele derselben Feuer spieen und manch anderes Wüste begingen, so wurde dadurch den Zwerglein gar große Not und Kummer bereitet, dergestalt, dass sie nicht mehr wussten, wo aus noch ein, und sich daher zu Gott dem Herrn gar demütiglich und flehentlich wendeten, auch ihn im Gebet anriefen, er möchte doch dieses unsaubere Drachenvolk wieder vertilgen. Ob er nun aber gleich nach seiner Weisheit sein Geschöpf zu zerstören nicht beschließen mochte, so ging ihm doch der armen Zwerglein große Not dermaßen zu Herzen, dass er alsobald die Riesen erschuf, welche die Drachen bekämpfen und, wo nicht ausrotten, doch wenigstens vermindern sollten.

Als nun aber die Riesen so ziemlich mit den Drachen fertig geworden, stieg ihnen gleichfalls der Mut und Dünkel, weswegen sie gar manches Frevle, besonders auch gegen die guten Zwerglein, verübten, welche denn abermals in ihrer Not sich zu dem Herrn wandten, der sodann aus seiner Machtgewalt die Ritter schuf, welche die Riesen und Drachen bekämpfen und mit den Zwerglein in guter Eintracht leben sollten. Damit war denn das Schöpfungswerk von dieser Seite beschlossen, und es findet sich, dass nachher Riesen und Drachen sowie die Ritter und Zwerge immer zusammengehalten haben. Daraus kannst du nun ersehen, mein Freund, dass wir von dem ältesten Geschlecht der Welt sind, welches uns zwar zu Ehren gereicht, doch aber auch großen Nachteil mit sich führt.

Da nämlich auf der Welt nichts ewig bestehen kann, sondern alles, was einmal groß gewesen, klein werden und abnehmen muss, so sind auch wir in dem Fall, dass wir seit Erschaffung der Welt immer abnehmen und kleiner werden, vor allen anderen aber die königliche Familie, welche wegen ihres reinen Blutes diesem Schicksal am ersten unterworfen ist. Deshalb haben unsere weisen Meister schon vor vielen Jahren den Ausweg erdacht, dass von Zeit zu Zeit eine Prinzessin aus dem königlichen Haus heraus ins Land gesendet werde, um sich mit einem ehrsamen Ritter zu vermählen, damit das Zwergengeschlecht wieder angefrischt und vom gänzlichen Verfall gerettet sei.«

Indessen meine Schöne diese Worte ganz treuherzig vorbrachte, sah ich sie bedenklich an, weil es schien, als ob sie Lust habe, mir etwas aufzubinden. Was ihre niedliche Herkunft betraf, daran hatte ich weiter keinen Zweifel; aber dass sie mich anstatt eines Ritters ergriffen hatte, das machte mir einiges Misstrauen, indem ich mich denn doch zu wohl kannte, als dass ich hätte glauben sollen, meine Vorfahren seien von Gott unmittelbar erschaffen worden.

Ich verbarg Verwunderung und Zweifel und fragte sie freundlich: »Aber sage mir, mein liebes Kind, wie kommst du zu dieser großen und ansehnlichen Gestalt? Denn ich kenne wenig Frauen, die sich dir an prächtiger Bildung vergleichen können.«

»Das sollst du erfahren«, versetzte meine Schöne. »Es ist von jeher im Rat der Zwergenkönige hergebracht, dass man sich so lange als möglich vor jedem außerordentlichen Schritt in acht nehme, welches ich denn auch ganz natürlich und billig finde. Man hätte vielleicht noch lange gezaudert, eine Prinzessin wieder einmal in das Land zu senden, wenn nicht mein nachgeborener Bruder so klein ausgefallen wäre, dass ihn die Wärterinnen sogar aus den Windeln verloren haben und man nicht weiß, wo er hingekommen ist. Bei diesem in den Jahrbüchern des Zwergenreichs ganz unerhörten Fall versammelte man die Weisen, und kurz und gut, der Entschluss ward gefasst, mich auf die Freite zu schicken.«

»Der Entschluss!« rief ich aus; »das ist wohl alles schön und gut. Man kann sich entschließen, man kann etwas beschließen; aber einem Zwerglein diese Göttergestalt zu geben, wie haben eure Weisen dies zustande gebracht?«

»Es war auch schon«, sagte sie, »von unseren Ahnherren vorgesehen. In dem königlichen Schatz lag ein ungeheurer goldener Fingerring. Ich spreche jetzt von ihm, wie er mir vorkam, da er mir, als einem Kind, ehemals an seinem Ort gezeigt wurde: denn es ist derselbe, den ich hier am Finger habe; und nun ging man folgendergestalt zu Werke: Man unterrichtete mich von allem, was bevorstehe, und belehrte mich, was ich zu tun und zu lassen habe.

Ein köstlicher Palast, nach dem Muster des liebsten Sommeraufenthalts meiner Eltern, wurde verfertigt: ein Hauptgebäude, Seitenflügel und was man nur wünschen kann. Er stand am Eingang einer großen Felskluft und verzierte sie aufs Beste. An dem bestimmten Tag zog der Hof dorthin und meine Eltern mit mir. Die Armee paradierte, und vierundzwanzig Priester trugen auf einer köstlichen Bahre, nicht ohne Beschwerlichkeit, den wundervollen Ring.

Er ward an die Schwelle des Gebäudes gelegt, gleich innerhalb, wo man über sie hinübertritt. Manche Zeremonien wurden begangen, und nach einem herzlichen Abschied schritt ich zu Werke. Ich trat hinzu, legte die Hand an den Ring und fing sogleich merklich zu wachsen an. In wenigen Augenblicken war ich zu meiner gegenwärtigen Größe gelangt, worauf ich den Ring sogleich an den Finger steckte.

Nun im Nu verschlossen sich Fenster, Türen und Tore, die Seitenflügel zogen sich ins Hauptgebäude zurück, statt des Palastes stand ein Kästchen neben mir, das ich sogleich aufhob und mit mir forttrug, nicht ohne ein angenehmes Gefühl, so groß und so stark zu sein, zwar

immer noch ein Zwerg gegen Bäume und Berge, gegen Ströme wie gegen Landstrecken, aber doch immer schon ein Riese gegen Gras und Kräuter, besonders aber gegen die Ameisen, mit denen wir Zwerge nicht immer in gutem Verhältnis stehen und deswegen oft gewaltig von ihnen geplagt werden.

Wie es mir auf meiner Wallfahrt erging, ehe ich dich fand, davon hätte ich viel zu erzählen. Genug, ich prüfte manchen, aber niemand als du schien mir wert, den Stamm des herrlichen Eckwald zu erneuern und zu verewigen.«

Bei allen diesen Erzählungen wackelte mir mitunter der Kopf, ohne dass ich ihn gerade geschüttelt hätte. Ich tat verschiedene Fragen, worauf ich aber keine sonderlichen Antworten erhielt, vielmehr zu meiner größten Betrübnis erfuhr, dass sie nach dem, was begegnet, notwendig zu ihren Eltern zurückkehren müsse. Sie hoffe zwar, wieder zu mir zu kommen, doch jetzt habe sie sich unvermeidlich zu stellen, weil sonst für sie so wie für mich alles verloren wäre.

Die Beutel würden bald aufhören zu zahlen, und was sonst noch alles daraus entstehen könnte. Da ich hörte, dass uns das Geld ausgehen dürfte, fragte ich nicht weiter, was sonst noch geschehen möchte. Ich zuckte die Achseln, ich schwieg, und sie schien mich zu verstehen. Wir packten zusammen und setzten uns in den Wagen, das Kästchen uns gegenüber, dem ich aber noch nichts von einem Palast ansehen konnte. So ging es mehrere Stationen fort. Postgeld und Trinkgeld wurden aus den Täschchen rechts und links bequem und reichlich bezahlt, bis wir endlich in eine gebirgige Gegend gelangten und kaum abgestiegen waren, als meine Schöne vorausging und ich auf ihr Geheiß mit dem Kästchen folgte. Sie führte mich auf ziemlich steilen Pfaden zu einem engen Wiesengrund, durch welchen sich eine klare Quelle bald stürzte, bald ruhig laufend schlängelte. Da zeigte sie mir eine erhöhte Fläche, hieß mich das Kästchen niederset-zen und sagte: »Lebe wohl. Du findest den Weg gar leicht zurück; gedenke mein, ich hoffe, dich wiederzusehen.«

In diesem Augenblick war mir's, als wenn ich sie nicht verlassen könnte. Sie hatte gerade wieder ihren schö-nen Tag oder, wenn ihr wollt, ihre schöne Stunde. Mit einem so lieblichen Wesen allein auf grüner Matte, zwi-schen Gras und Blumen, von Felsen beschränkt, von Wasser umtauscht, welches Herz wäre da wohl fühllos geblieben! Ich wollte sie bei der Hand fassen, sie um-armen, aber sie stieß mich zurück und bedrohte mich, obwohl noch immer liebreich genug, mit großer Gefahr, wenn ich mich nicht sogleich entfernte.

»Ist denn gar keine Möglichkeit«, rief ich aus, »dass ich bei dir bleibe, dass du mich bei dir behalten könntest?«

Ich begleitete diese Worte mit so jämmerlichen Gebärden und Tönen, dass sie gerührt schien und nach einigem Bedenken mir gestand, eine Fortdauer unserer Verbindung sei nicht ganz unmöglich. Wer war glücklicher als ich! Meine Zudringlichkeit, die immer lebhafter ward, nötigte sie endlich, mit der Sprache herauszurücken und mir zu entdecken, dass, wenn ich mich entschlösse, mit ihr so klein zu werden, als ich sie schon gesehen, so könnte ich auch jetzt bei ihr bleiben, in ihre Wohnung, in ihr Reich, zu ihrer Familie mit übertreten. Dieser Vorschlag gefiel mir nicht ganz, doch konnte ich mich einmal in diesem Augenblick nicht von ihr losreißen, und ans Wunderbare seit geraumer Zeit schon gewöhnt, zu raschen Entschlüssen aufgelegt, schlug ich ein und sagte, sie möchte mit mir machen, was sie wolle.

Sogleich musste ich den kleinen Finger meiner rechten Hand ausstrecken, sie stützte den ihrigen dagegen, zog sich mit der linken Hand den goldenen Ring ganz leise ab und ließ ihn herüber an meinen Finger laufen. Kaum war dies geschehen, so fühlte ich einen gewaltigen Schmerz am Finger, der Ring zog sich zusammen und folterte mich entsetzlich. Ich tat einen gewaltigen Schrei und griff unwillkürlich um mich her nach meiner Schönen, die aber verschwunden war. Wie mir indessen zumute gewesen, dafür wüsste ich keinen Ausdruck zu finden, auch bleibt mir nichts übrig zu sagen, als dass ich mich sehr

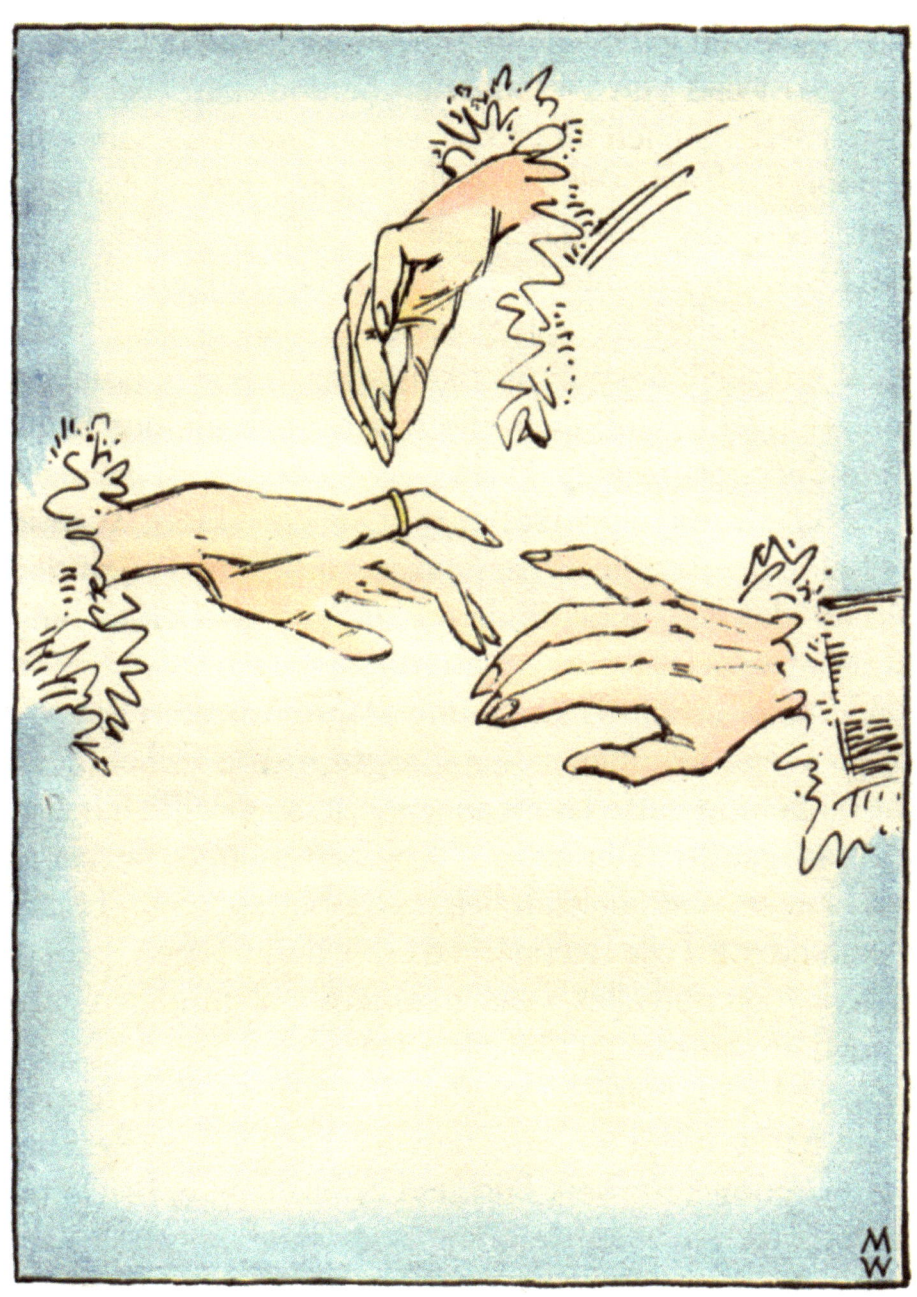

bald in kleiner, niedriger Person neben meiner Schönen in einem Wald von Grashalmen befand. Die Freude des Wiedersehens nach einer kurzen und doch so seltsamen Trennung, oder, wenn ihr wollt, einer Wiedervereinigung ohne Trennung, übersteigt alle Begriffe. Ich fiel ihr um den Hals, sie erwiderte meine Liebkosungen, und das kleine Paar fühlte sich so glücklich als das große.

Mit einiger Unbequemlichkeit stiegen wir nunmehr an einem Hügel hinauf; denn die Matte war für uns beinah ein undurchdringlicher Wald geworden. Doch gelangten wir endlich auf eine Blöße, und wie erstaunt war ich, dort eine große, geregelte Masse zu sehen, die ich doch bald für das Kästchen, in dem Zustand, wie ich es hingesetzt hatte, wieder erkennen musste.

»Gehe hin, mein Freund, und klopfe mit dem Ring nur an, du wirst Wunder sehen«, sagte meine Geliebte. Ich trat hinzu und hatte kaum angepocht, so erlebte ich wirklich das größte Wunder. Zwei Seitenflügel bewegten sich hervor, und zugleich fielen wie Schuppen und Späne verschiedene Teile herunter, da mir denn Türen, Fenster, Säulengänge und alles, was zu einem vollständigen Palast gehört, auf einmal zu Gesichte kamen.

Wer einen künstlichen Schreibtisch von Roentgen gesehen hat, wo mit einem Zug viele Federn und Ressorts in Bewegung kommen, Pult und Schreibzeug, Brief- und Geldfächer sich auf einmal oder kurz nacheinander

entwickeln, der wird sich eine Vorstellung machen können, wie sich jener Palast entfaltete, in welchen mich
meine süße Begleiterin nunmehr hineinzog.

In dem Hauptsaal erkannte ich sogleich den Kamin, den
ich ehemals von oben gesehen, und den Sessel, worauf
sie gesessen. Und als ich über mich blickte, glaubte ich
wirklich noch etwas von dem Sprung in der Kuppel zu
bemerken, durch den ich hereingeschaut hatte. Ich ver-
schone euch mit Beschreibung des Übrigen; genug, alles
war geräumig, köstlich und geschmackvoll.

Kaum hatte ich mich von meiner Verwunderung erholt,
als ich von fern eine militärische Musik vernahm. Meine
schöne Hälfte sprang vor Freuden auf und verkündigte
mir mit Entzücken die Ankunft ihres Herrn Vaters. Hier
traten wir unter die Tür und schauten, wie aus einer
ansehnlichen Felskluft ein glänzender Zug sich bewegte.
Soldaten, Bediente, Hausoffizianten und ein glänzender
Hofstaat folgten hintereinander.

Endlich erblickte man ein goldenes Gedränge und in
demselben den König selbst. Als der ganze Zug vor dem
Palast aufgestellt war, trat der König mit seiner nächsten
Umgebung heran. Seine zärtliche Tochter eilte ihm entgegen, sie riss mich mit sich fort, wir warfen uns ihm zu
Füßen, er hob mich sehr gnädig auf, und als ich vor ihn zu
stehen kam, bemerkte ich erst, dass ich freilich in dieser
kleinen Welt die ansehnlichste Statur hatte.

Wir gingen zusammen nach dem Palast, da mich der König in Gegenwart seines ganzen Hofes mit einer wohl-studierten Rede, worin er seine Überraschung, uns hier zu finden, ausdrückte, zu bewillkommnen geruhte, mich

als seinen Schwiegersohn erkannte und die Trauungs-
zeremonie auf morgen ansetzte.

Wie schrecklich ward mir auf einmal zumute, als ich
von Heirat reden hörte; denn ich fürchtete mich bisher
davor fast mehr als vor der Musik selbst, die mir doch
sonst das Verhassteste auf Erden schien. Diejenigen, die
Musik machen, pflegte ich zu sagen, stehen doch wenigstens in der Einbildung, untereinander einig zu sein und in
Übereinstimmung zu wirken. Denn wenn sie lange genug gestimmt und uns die Ohren mit allerlei Misstönen
zerrissen haben, so glauben sie steif und fest, die Sache
sei nunmehr aufs Reine gebracht und ein Instrument
passe genau zum anderen. Der Kapellmeister selbst ist
in diesem glücklichen Wahn, und nun geht es freudig los,
unterdes uns anderen immerfort die Ohren gellen.

Bei dem Ehestand hingegen ist dies nicht einmal der
Fall: Denn ob er gleich nur ein Duett ist und man doch
denken sollte, zwei Stimmen, ja zwei Instrumente müss-
ten einigermaßen überein gestimmt werden können, so
trifft es doch selten zu; denn wenn der Mann einen Ton
angibt, so nimmt ihn die Frau gleich höher und der Mann
wieder höher; da geht es denn aus dem Kammer- in den
Chorton und immer so weiter hinauf, dass zuletzt die
blasenden Instrumente selbst nicht folgen können.

Und also, da mir die harmonische Musik zuwider
bleibt, so ist mir noch weniger zu verdenken, dass ich die

disharmonische gar nicht leiden kann. Von allen Festlich-
keiten, worunter der Tag hinging, mag und kann ich nicht
erzählen, denn ich achtete gar wenig darauf. Das kost-
bare Essen, der köstliche Wein, nichts wollte mir schme-
cken. Ich sann und überlegte, was ich zu tun hätte.

Doch da war nicht viel auszusinnen. Ich entschloss
mich, als es Nacht wurde, kurz und gut auf und davon zu
gehen und mich irgendwo zu verbergen. Auch gelangte
ich glücklich zu einer Steinritze, in die ich mich hinein-
zwängte und so gut als möglich verbarg. Mein erstes Be-
mühen darauf war, den unglücklichen Ring vom Finger zu
schaffen, welches mir jedoch keineswegs gelingen wollte,

vielmehr musste ich fühlen, dass er immer enger ward, sobald ich ihn abzuziehen gedachte, worüber ich heftige Schmerzen litt, die aber sogleich nachließen, sobald ich von meinem Vorhaben abstand.

Frühmorgens wach' ich auf – denn meine kleine Person hatte sehr gut geschlafen – und wollte mich eben weiter umsehen, als es über mir wie zu regnen anfing. Es fiel nämlich durch Gras, Blätter und Blumen wie Sand und Grus in Menge herunter; allein wie entsetzte ich mich, als alles um mich her lebendig ward und ein unendliches Ameisenheer über mich niederstürzte. Kaum wurden sie mich gewahr, als sie mich von allen Seiten angriffen und, ob ich mich gleich wacker und mutig genug vertei-digte, doch zuletzt auf solche Weise zudeckten, kneip-ten und peinigten, dass ich froh war, als ich mir zurufen hörte, ich solle mich ergeben. Ich ergab mich wirklich und gleich, worauf denn eine Ameise von ansehnlicher Statur sich mit Höflichkeit, ja mit Ehrfurcht näherte und sich sogar meiner Gunst empfahl. Ich vernahm, dass die Ameisen Alliierte meines Schwiegervaters geworden und dass er sie im gegenwärtigen Fall aufgerufen und verpflichtet, mich herbeizuschaffen.

Nun war ich Kleiner in den Händen von noch Kleine-ren. Ich sah der Trauung entgegen und musste noch Gott danken, wenn mein Schwiegervater nicht zürnte, wenn meine Schöne nicht verdrießlich geworden.

Lasst mich nun von allen Zeremonien schweigen; genug, wir waren verheiratet. So lustig und munter es jedoch bei uns herging, so fanden sich dessen ungeachtet einsame Stunden, in denen man zum Nachdenken verleitet wird, und mir begegnete, was mir noch niemals begegnet war. Was aber und wie, das sollt ihr vernehmen.

Alles um mich her war meiner gegenwärtigen Gestalt und meinen Bedürfnissen völlig gemäß, die Flaschen und Becher einem kleinen Trinker wohl proportioniert, ja, wenn man will, verhältnismäßig besseres Maß als bei uns. Meinem kleinen Gaumen schmeckten die zarten Bissen vortrefflich, ein Kuss von dem Mündchen meiner Gattin war gar zu reizend, und ich leugne nicht, die Neuheit machte mir alle diese Verhältnisse höchst angenehm. Dabei hatte ich jedoch leider meinen vorigen Zustand nicht vergessen. Ich empfand in mir einen Maßstab voriger Größe, welches mich unruhig und unglücklich machte. Nun begriff ich zum ersten Mal, was die Philosophen unter ihren Idealen verstehen möchten, wodurch die Menschen so gequält sein sollen. Ich hatte ein Ideal von mir selbst und erschien mir manchmal im Traum wie ein Riese.

Genug, die Frau, der Ring, die Zwergenfigur, so viele andere Bande machten mich ganz und gar unglücklich, dass ich auf meine Befreiung im Ernst zu denken begann.

Weil ich überzeugt war, dass der ganze Zauber in dem Ring verborgen liege, so beschloss ich, ihn abzufeilen. Ich entwendete deshalb dem Hofjuwelier einige Feilen.

Glücklicherweise war ich links, und ich hatte in meinem Leben niemals etwas rechts gemacht. Ich hielt mich tapfer an die Arbeit; sie war nicht gering; denn das goldene Reifchen, so dünn es aussah, war in dem Verhältnis dichter geworden, als es sich aus seiner ersten Größe zusammengezogen hatte. Alle freien Stunden wendete ich unbeobachtet an dieses Geschäft und war klug genug, als das Metall bald durchgefeilt war, vor die Tür zu treten.

Das war mir geraten: Denn auf einmal sprang der goldene Reif mit Gewalt vom Finger, und meine Figur schoss mit solcher Heftigkeit in die Höhe, dass ich wirklich an den Himmel zu stoßen glaubte und auf alle Fälle die Kuppel unseres Sommerpalastes durchgestoßen, ja das ganze Sommergebäude durch meine frische Unbehülflichkeit zerstört haben würde.

Da stand ich nun wieder, freilich um so vieles größer, allein, wie mir vorkam, auch um vieles dümmer und unbehülflicher. Und als ich mich aus meiner Betäubung erholt, sah ich die Schatulle neben mir stehen, die ich ziemlich schwer fand, als ich sie aufhob und den Fußpfad hinunter nach der Station trug, wo ich denn gleich einspannen und fortfahren ließ.

Unterwegs machte ich sogleich den Versuch mit den Täschchen an beiden Seiten. An der Stelle des Geldes, welches ausgegangen schien, fand ich ein Schlüsselchen; es gehörte zur Schatulle, in welcher ich einen ziemlichen Ersatz fand. Solange das vorhielt, bediente ich mich des Wagens; nachher wurde dieser verkauft, um mich auf dem Postwagen fortzubringen. Die Schatulle schlug ich zuletzt los, weil ich immer dachte, sie sollte sich noch einmal füllen, und so kam ich denn endlich, obgleich durch einen ziemlichen Umweg, wieder an den Herd zur Köchin, wo ihr mich zuerst habt kennen lernen.

Glossar

englisch – hier: engelhaft, engelsgleich

Extrapost – Extrafahrten mit Postkutschen für Reisende
  gegen besondere Gebühren

Freite – Brautschau, Partnersuche

Frevles – Verbrecherisches, Frevelhaftes, Übermütiges

Gamaschen – seitlich geknöpftes, den Spann bedecken-
  des und bis zum Knöchel oder zum Knie reichendes,
  über Schuhen und Strümpfen getragenes Beinkleid

gellen – durch Schall erschüttert werden

Grus – zerbröckeltes, körniges Gestein

Hausoffiziant – Bediensteter oder Beamter niederen
  Ranges für Haushaltung oder Wirtschaft

Karfunkel – feuerroter Edelstein (der in Märchen
  unsichtbar machen kann)

kneipen – kneifen, zwicken

links sein – Linkshänder sein

Melusine – altfranzösische Sagengestalt, Meerfee; hier:
  nichtmenschliches Wesen, Naturgeist

präludieren – zur Einleitung spielen, improvisieren

Roentgen – David (1743 – 1807), deutscher Kunsttischler

Sozietät – Gruppe von Personen mit gemeinsamen sozi-
  alen Normen, Interessen und Zielen

stet – lange Zeit gleichbleibend, ohne Schwankungen

unbehülflich – unbeholfen

Johann Wolfgang von Goethe

Märchen

Illustriert von
Hermann Hendrich
und Hermann Linde

Alfa-Veda
Bilingual

The Fairy Tale of the Green Snake and the Beautiful Lily

Translated by Thomas Carlyle

Das Märchen von der grünen Schlange ist eines der am wenigsten bekannten Werke Goethes und doch eines seiner geheimnisvollsten und bezauberndsten. Diese Ausgabe enthält den deutschen und englischen Text direkt nebeneinander und viele farbenprächtige Bilder.

Leseprobe und Bestellung auf alfa-veda.com